土間の四十八滝

町田康

ハルキ文庫

JN276211

角川春樹事務所

本書「土間の四十八滝」は、二〇〇一年七月、メディアファクトリーから単行本として刊行されました。「未刊詩篇」は、「大阪芸術大学 河南文藝文学篇 二〇〇三年秋号」（発売小池書院）に掲載されたものです。

土間の四十八滝

目次

土間の四十八滝

未刊詩篇

土間の四十八滝

猿ぼんぼん

東京でわびしいさびしいおれ
人間以下のけだものにＵＶケアーを施して遍路
苦労して習得したタイプの技術とか運転術とか
そんなものをすっかり忘れて遍路
でもおれ公務員やら職人やら
いろんな人に助けられたり怒られたりしてデニーズでまたさびしい
おれくたくたになってってからおれ遍路だから
だからおれ塩蔵野菜？
歯抜け？

おれ落後者？
畜肉？
こんなおれなんて早くぶっ壊れてしまえばいいのに
ってでもまだ遍路
もうこれ以上一歩も歩けねぇけど心は遍路
気持ちは遍路はりきんろって
息ばっかりしゅうしゅう洩れて

でおれ、きそくぇんぇんってどういう字？　どう書くの？
民家ひとの家の土間に這いこんでヒイヒイいってんだけど誰も出てこねぇ
おれを咎めだてすんじゃねぇの？
たたき出すんじゃねぇの？　おれヒイヒイいってっけど
そうだろなあひとの家の人達早く出て来いよ
おれ汚ねぇだろ？

言葉くれ水くれ
臭えだろ?
ビタミン入りの粥くれ
つってんだけどヶッ誰も見てねぇよ聴いてない
おれヒイヒイいいながら頭を土間に転がしたらよお
見てたよ猿ぼんぼん逆光でシルエットだけど
軒に庇に布で作った赤い猿
五匹したにいくほど大きくなって連連連連連って吊してあるじゃんヒイイイ
初めはきっと青かったんだな
けどよおこのへん多いだろ? 遍路
だからよお怨みと呪いを吸いすぎて赤くなってしまった
つまり蚊取マットの逆だなあら発散してピンクになる
これは吸着して赤くなった
それが値打ちでさあ

おれ墓まで這ってくよ猿ぼんぼん
で腐った魚と萎れた花ひろってくるからよ
でそれ食って死ぬからよお
頼むよ水くれよ金でもいいしよ
もう一回だけ酒のみてぇよ猿ぼんぼん
東京にいりゃよかった
遍路してなおわびしいさびしいよ猿ぼん
目が視えねえ
腹がいてえ

俺も小僧

あいつにかかったら自分なんかもう犬ですよ
あれ買ってこいこれ持ってこいって追いまくられて
で　もう嫌んなって朝から仕事しないで魯迅ばっかり読んでたんですよ
そしたら半田鏝で肉あっちこっち焼かれて折檻って感じで
しかもあいつホモだったんですよ
ヘンリーってあだ名であっちこっちいってて気色の悪い野郎ですよ
土人と寝るなどして
毎晩湯豆腐食って
そいでむかつくから自分ちりれんげに毒塗って持ってたですよ

けど死なねぇし不死身かと思いましたよ
気をつけた方がいいですよ
リボン巻いたヌンチャク持ち歩いてちょっとでも気に入らねぇことがあったら
振り回すってんですから
そうは見えねぇでしょ
そこがあいつの恐ろしいとこですよ
それだってルイ・ヴィトンの皮ケースに入れてんですよ
それもわざわざパリーで買ってきた日本にあんまり売ってねぇやつに
外面がいいっていうか目を半眼にして
ボンジュール　ムッシュ　くらいのことを平気の平左でいいますからね
色悪って感じで
ジゴロって感じで
注意しねぇと危ねぇですよ
たって　たはっ　こうなっちゃっちゃあ一緒ですけど

自分ですか？　自分は的屋っていうか
ほらよくあの縁日とかで輪投げ屋ってあるじゃないですかあ
あれやってたんですよ
雇われてた　っていうか暴力で無理に
で　もうほんとに嫌んなっちゃって
隣のヤキソバ屋の女の子誘って飯食いにいっちゃったんですよ
はい　はい　そうです　売上金ぱくったんです
もう嫌になったので　はい　海鮮料理っていうか　なんかあんまり覚えてない
んですけど　なんか葦簾張の店でした
たにしを食いました
蓮根の煮たのを食いました
つくねを食いました
辛いソースのかかった揚げた白身魚を食いました
けどなんか女の子無口でなんか気まずくなっちゃってほんとは逃げちゃおうと

思ってたんですけど女の子も無口だし行き処も他にないんであいつのところへ帰って　そいで半殺しっていうか　脳が半分すり潰れて障害が残っちゃって
だいたい最近はこうしてここに腰掛けて外通る人とか車とか自転車とか見てんですけどときどき脳に人が入り込んでくるっていうか骨が混じりあうんですかね？　なんか喋っちゃうんですよ　後遺症かも知らんけど
自分の脳の中は最近雨が多いんでウルグアイとか行ってみたいですけど　この身体じゃ無理でしょうかね？
いまはそんな具合です

飯屋が再び

ちょっと洒落たような気取ったような直訳調の飯屋
銀盆に山盛りの氷
氷の上に海老やら貝やら、はは、大仰な仕掛け
さらにはパン、ワイン、畜肉のソテーその他
そんなものが載ったテーブルを挟んでカップル
愛の言葉を囁いている
思い出のこととか
料理のこととか
今晩の日程のこととか

阿呆らしいことは止めろ

はっきり言ってあなたがたはダサイのだ
そのペアールック、白地に黒の編み込みのセーターも
そのキュロットスカートも
その銀縁のトンボ眼鏡も
その伸びたパンチパーマも
見ているほうが恥ずかしくなるくらいダサイのだ
カット、NG
中止
あなたがたの恋愛は完全な失敗
敗北と恥辱の中で中止せられたのです

アコーデオン弾きが発散させる道を視る風
その風を浴びて、ぽん、煙の中から水干装束きたる給仕の王現れ
不細工な女に三鞭酒を浴びせかけ給う
女、猛りたちて
給仕王を睨み
もー、もー、もー
と三度、おめきたれども
編み込みの男、王の威徳を畏み、敢えてクリーニング代等請求せず
「久しぶりだね、僕たち」
などと嘯きて、女の気を逸らそうとせり
しかれども女、いよいよあさましく猛びたりて
もー、もー、もー
と叫びて止まず

飯屋でまた事実が爆発してしまったのだった
ファッショナブルな客達は何事もなかったかのようにお御飯を頂戴しているが
編み込みの男は料理代金のうえに三鞭酒の代金まで支払って
びしょ濡れの女を連れて店を出た
肉欲に燃えているのだ
アーメン
また風が吹いて

言わぬが花でしょう

俺・・心が爆砕せられてショック
俺、ゆらゆらしてた
魂を戻さねば相成らん、って感じで
叫んだりシンナー吸ったりしたんだけど戻んねぇ
ってゆうか、俺の連れなんかマッチで腕焼いたりして注意してたんだけ
ど
そいでも死んじゃった
どういう具合だったかは
言わぬが花でしょう

全員：言わぬが花でしょう

俺：あれの心も爆砕されてた
と思う
なにかとゆらゆらしてたからね
体育が好きな奴だったが
ハイジャンプが得意でね
頭の長い男でしたよ
魂を戻すのに失敗をしたのだ
と思う

俺らのソウルはきわめて弱く脆いからね
ちょっとやそっとでは戻んねぇ

と思う
まあ、このお、コンビニやなんかでは売ってるけどね
百円とかで
しかしそれがどういう結果をもたらすかは
言わぬが花でしょう

全員：言わぬが花でしょう

俺：ああいう企画ものはだいたいダメだ
薄いしね
フィーリングの暴れに対抗できていないとでも申すべきか
女子はだいたい持ってるね
と思う
ああ揺れる

なにも頭にはいんねぇ
なんとかしてぇんだけど考えること自体、脳に対する負荷が大きすぎて
熱を帯びる
強くなりてぇ
力を持ちてぇ
超人になりてぇ
まあ無理だと思うけどね

こういうときとやかく言われたんだから
泣く泣く首をぞかいてんげる、ってなんだよ、敦盛か
なんかあったよね、国語で
で、俺がどういう挙に出たか、だいたいわかるでしょ
しかしまあその詳細については
言わぬが花でしょう

全員：言わぬが花でしょう

現場のミカエル

各々が各々の立場を主張をする
ゆえに車内は修羅

みんないい歳なんだからもう爺ぃなんだから
少しは枯れてよ
とぞ念ほゆ

たかがコンビニエンスストアーの弁当・麺麭じゃねぇか
んなもなあ、どこだって一緒だろう

とぞ念ほゆ

しかしながら爺ぃども
オレ的には味が違うのだ
とか
オレ的にはあしこじゃなきゃあ駄目なのだ
とか
オレ的には絶対にあっちのほうがウマイ
とか
各々、オレ、のオレ性を
オレは特殊なのだファンシーなのだ一風変わっているのだ
ということを
オレは代替不能のオレなのだ
ということを

朝飯をどのコンビニエンスストアーで買うか
の一点に焦点を合わせて主張して止まぬ

まあそれも無理からぬところである
爺ぃAは常々
オレは現場に着いた瞬間に帰ることを考える
といっている
爺ぃ達の仕事はなんらの特殊な技能を要さない
爺ぃ達は誰からも、オレ的、であることを要求されていない

寂しい爺ぃたちはけんくわ
争論は止まず
結局、運転の小僧はコンビニエンスストアーを三軒はしごさせられて
爺ぃどもは各々要求したところの麵麭、弁当、握り飯、缶コーヒーその他を

ゲット
しかしながら爺ぃども
食料品を握りしめて互いに睨み合い罵り騒いで少しも満足そうでない
あまつさえ
昨夜、雑司が谷のクラブーで遅くまで遊んでいた睡眠不足の小僧
現場に間に合うようにとて
もはや信号が赤であるのにもかかわらず交差点に突っ込み
結果
爺ぃどもと小僧の乗ったワゴン車は正面からやはり突っ込んできた
黒くて扁平な車と衝突しました

散乱するガラスの破片と血染めの飯
くしゃくしゃになった袋
布のバケツ

ゴムホース
塩酸

一方その頃現場には
なかなかやってこない四人に対する職長の罵声が響いていた
ぱらぱらぱらぱらぱら
大天使の喇叭のようである
重要なのは愛
不要なのはテレビジョンの見え透いた笑顔
重要なのは音
不要なのは麺麭

とぞ念ほゆ

国恥記念日

広場の奥に城がそびえ立ってたのを覚えています
群衆が広場をぐるりと取り巻いておりました
広場には誰が撒いておるのか、紙吹雪が舞っておりまして
極彩色の幟や吹き流しが林立しふざけた音楽が流れておりました
晴天でありました
広場の真中あたりで二足歩行の鼠、家鴨、犬、それぞれ、番なんですが
へらへら笑いながら踊ったりステップしたりしておりました
得意げな顔をしておるわけですよ
私はもうくらくらするくらいに腹が立ちました

こんなものは国の恥だと思ったわけです
しかも民衆を馬鹿にしたようなへらへら笑いでしょ
矢も盾もたまらずに飛びだして鼠の前に立ち言ってやりました
「僕らの国でそんなふざけた踊りは許さない。やめろ」とね
ところが鼠は表情ひとつ変えない、というか馬鹿なんでしょうか？
へらへら笑いをやめんのです
私はますます頭にきて脇にあった幟の棹で鼠を打ちました
それでも鼠は人を小馬鹿にしたような笑い顔でゆらゆらしている
もう、むっかーとなりよりましてですね、私は棹をへし折りました
突っ殺してやろうと思ったのです
そして棹を構えたそのときです
広場の奥の方から黒い仮面、マントを羽織って高下駄を履いた侍が指叉を持ってやってきよりましてね
ものも言わないでいきなり指叉で、ぐわん、と殴りおったのです

私は転倒しました
きわめて痛かった
頭ががんがんしよりましたです
侍は転倒した私の喉や手足を指叉で押さえつけよりました
私は地面に磔にされたような恰好でしたが同胞がこんな目にあっているのです
たとえ私が殺されても群衆が黙っていないと思っておりました
首を捻って広場を取り巻く群衆の方を見ると群衆がこっちに向かって走ってくるのが見えました
群衆のうち半数は鼠や家鴨の方に向かって走っていきます
私は「殺せぇぇぇぇぇ」と叫びました
ところがです
鼠のところにたどり着いた群衆は口々に鼠の徳を讃える言葉を唱え
鼠に抱きつく鼠を取り巻いてピースをする記念写真を撮るなどしおるのです
まったく恥を知らぬのです

残りの群衆は私と侍の方へ走ってきました
私は、「俺はいいからあの恥知らずどもを成敗してくれ頼む」と叫びました
ところがです
群衆は私の方へ殺到して嘲罵の言葉を投げかけつつ
腹を蹴る唾を吐きかける顔面を踏む膝や肘を石で砕くなどしおるのです
地面に磔にされ群衆に翻弄・打擲される私の周囲を家鴨と犬が例のへらへら笑いを浮かべて手を繋いでぐるぐる踊り回っておりました
血の涙が頬をつたいました
やがて音楽が高まったかとおもうと、鼠、犬、家鴨は尻を振ってスキップおどけた仕草で踊りながら列を作って城の方へ行進を始め
侍と群衆は歓呼の声を上げ彼奴らを取り囲むようにして広場の奥に消えました
私はしばらくじっとしておりました
足の骨が砕けて歩けんかったからです
ごっつい、あしやった

遠くで音楽がなっておりました
紙吹雪は舞い続けておりました
幟、吹き流しが林立しておりました
晴天でありました
もう十五年も前のことですが、つい昨日のことのようであります
俺、ごっつい、いま、くわあと思ってます

懺悔・腐汁・暴れて射殺

そりゃ非道いものでございましたよ
なにしろ悪漢ばかり集められておるのですからな
しかもこんちのように人権なんてぇことをいわない時代でござぁあしたからな
もう半分けだものでござぁあしたよ人間じゃあござぁあせん
髪の毛なんざ、手でこう、ひきちぎりましてな
畜生道でござぁあしたよ、或は餓鬼道

またそうしないと生きていけないところでござぁあしたよ
有り体に申し上げますれば、例えば、お上からわっしらに被下されるおまんま

ってのがござぁあすな
あれだって、そのままわっしらが頂戴できる訳じゃあござぁあせんよ
途中でまあ半分がとこなくなっちゃうン
それをばこんだ強い者がみな食っちまう
だから弱い者は干あがっちまいますよ
けど、うまくしたもんでござぁあしてな
弱い者は皆でよってたかっ……

うーん、
よってた、なぶり殺しに……
ううう
で、あの子供をあたしは……
あああああ

ああああうあうあうあうあうあうあう
ああ、思い出すと気が違ってしまう
うーん、うーん、なんだこら
ははは。おんなだ
なんだ、この機械は、ははは、しゃらくさい
ばん。
ははは。泣いてやがる小便を垂らしてやがる。ははは。ああ、生きている匂い
だ。生きている感触だ。わはははは。
うるせえ、この。ばん。ははは。頭脳がほげた。ぬるぬるだあ。わはははは
はは

わわ。やや。やややや
またやっちゃった

時折やっちゃうんだよなあ
困っちゃったな、どうも
あんまり法螺ばかりいうものだから真っ先に自分がたばかられちゃう
真っ先に自分が壊れちゃう
心の中で俺たちが虐げてきたものが発酵してんだな

助けて下さい、とすら言えなかったものども
黙ってびっくりしたような
或いはせんぶりを飲んだような顔をして死んでったものどもがどす黒い臭い液
になっておれの腸を蝕んでいるのだ

で俺はね、しょうがないからとりあえず逃げたんだけどね
途中でまたあれが来ちゃって暴れて
五十六発食らってほれ

顎ねぇでしょ
足とかぶらぶらでしょ
そいでやっと腐汁がぬけたんだけどね
へっ、ここに来ちゃっちゃあ一緒だよね
ホント

俺は宿屋

お見かけどおり俺は宿屋
それも宿屋の若いもんだ
名は伊八
颯爽とした若い番頭だ
恰好いいでしょ
羨ましいでしょ

俺の宿は一泊一食付で七百三十九円（税込）
飯は食い放題

お菜は焼き鯖
布団は薄くて腐朽している
お客が発ったあと俺は
布団をあげたり
枕元周辺のゴミ、すなわち、ガムの残滓
焼餃子に添付されたる辣油の入っていたらしいビニールの小袋
灰皿として使用したらしい缶入り飲料の空き缶などを片付けたりする
俺の宿ではお客が寝床で物を食うことを禁止していない
俺の宿屋は自由奔放
建物は建築後六十六年六月六日を経過している

その俺の心
その宿屋の若い者の心が虚滅した
宿屋の颯爽とした若い番頭の俺の手は油まみれになった

あぶらの手で俺の心に触らないで下さい
心まで廃油で汚れます
警告を発していたにもかかわらず心が汚れた
尻をからげた惨めな病み犬
それ俺それ俺それ俺
がに股で布団を運ぶ哀れな汚辱の証人
それ俺それ俺それ俺
俺、納屋に閉じこもって

ぽんぽんぽんぽんぽんぽんぽんぽんぽん
納屋で爆竹を鳴らし
納屋で喚き
納屋で暴れ
灯明や釣竿を投げつけへし折り、心に勢いをつけ

俺は風に匂いに空に光に祈った
みんなが平安に生きていけますように
みんなが毎日めしを食えますように

納屋を出ると
真っ青な空に動かぬ雲
蜘蛛の巣の柄の着物を着た目つきの悪いやくざと頭に大蛇の入れ墨をした狂女
手を取り合いものすごいスピードで真っ直ぐに昇天していった

俺は走る

俺は臭い森を抜け家郷に走る
俺は臭い森を走る
痰と唾で輝く大地
その大地を走る俺
まるで黒粒のようだろう

秩序がひかり輝く家郷
左右の両巨頭が手を結び
邪悪と悪徳が輪切りになって放置されている

俺の家郷では
俺の大地では

しかし凪

家郷でない場所で俺の心は凪いだ

武運赫奕
そんなものは褒め殺しだ
若い俺を殺したのは誰？
苦い俺を苦しめたのは誰？

俺はお調子者だった
みなが喝采するものだから

わざと気取って気障な振る舞い
バーで酢を持ってこさせて
それを一気に飲んだりした
そして口をすぼめて俺は笑ったのだ
酸っぱさをこらえて
うはうはうは、と、或いは
いひいひいひ、と

しかし俺は知っている
おまえらは口では、スゴーイ、なんて賛嘆供養しながら
内心では俺を軽蔑していただろう
おまえの心の楽屋
それは女の楽屋だ
マックスファクターやカネボーがばらばらに散乱している

だからもう俺は
おまえらを捨てて家郷を目差す
ぬめり輝く大地を走る
臭い森を通り抜けて
家郷を目差す

はあはあいって
心臓の痛みをこらえ
俺は家郷を目差して
臭い森を通り抜けて
輝く大地を走る
家郷を目差す

天狗ハム

屈辱の涙を流して妻と抱き合い
けばだった畳が背中に痛い四畳半をごろごろ転げ回って
ああ、ああ、なんて喚いておりました
ほんと
わたくしは二度と立ち上がれない
一生、このまま転げ回るのです
ひとりの屈辱は夫婦の場合、倍です
華やかなパーティー会場で誰にも誘われず話しかけられず
しかし青ざめて緊張なにもくえずに空腹を覚え

夫婦で支那蕎麦屋に入ってさしむかいで黙ってぬるい水を飲み飲みカタヤキソ
バを嚥下するようなものです
僕らはくちを利かなかった
喋ると優しい気持ちと屈辱の混ぜ合わせが間に渦巻いてふたりはとんでもない
ことになってしまうのが分かっていたからです
僕たちは黙って転げ回っておりました
電気釜の中で飯が
卓袱台の上で１００g５０円のハムの切れ端が腐っていきました

ははははは
わぎゅ
あ、うーん、あーた、なに新人
あ、そう
すっげぇ　おっぱい、すっげぇ　おっぱい

うんうんうんうん、なにそれ?
ハム?鱧?ハム?ハム?ハム?鱧?ハム?
要らない要らない
だって俺、ハム嫌いだもん
メロン?要らない要らない
んー?贅沢?おれ贅沢だよ、あったりまえじゃない
いやいやいやいや。はーい。カンパーイ
ん?なに?
俺が?あいつに?冷たかった?いや、ちが……、うん、うん、同期なのに?俺と差がついて?可哀想?バーカヤロー、俺はねぇ、あいつがねぇ、昔から嫌いだったの。くーらいじゃない、なんかさぁ、疫病神みたいなんだよ、あいつ女房も陰気くさいだろ。いや、いちおうさあ、そら招待状は出したけどさあ、そんなの来ると思わないじゃない、なに?ハムいらねぇっつうの

天香具山で猿が十姉妹をかじっている
その下を通りがかった狆連れの媼
慌てふためきて狆を抱え逃げ帰りたる
猿が狆を襲うのではないかと恐れたからである
そして猿も去り
山道にハムが落ちていた
1g5000円の天狗ハムであった
それが安いのか高いのか
そんなことは誰にも分からぬだろう

オッソブーコのおハイソ女郎

お車代二万円
これをしねしね遣えば、まあ、悪いけどはっきりいって二週間くらいわたくし
は安泰
ところがそんなせこいことをわたくしはせぬ
オッソブーコの材料代
それに二万円を全部一気に爽快に遣っちゃったい
ははは
こんなこと
こんな馬鹿なことができるのはこの世でわたくしひとりだ

ざまあみやがれ
お上品なあほんだらども
おハイソな豚野郎ども
貴様らはおレストランでおディナーを食らいやがれ、ちゅうねん、阿呆が
俺は、この俺は自分でオッソブーコを作るよ
おまえらにオッソブーコの作り方が分かるか？
もっといえば
オッソブーコの歴史を知っているのか？
そら、はっきりいってわたしだってそんなものは知らぬ
しかしながら、だ
それを自分で作る
ね。そういうことを通じて俺は
俺の場合はやってる、ちゅうのだ、あほんだら
阿呆ン陀羅（二回云フ）

おまえらはタクシーでレストランに行くのだろう
馬鹿
道路は渋滞してるんだよ
地下鉄の方が早いのだよ
もう俺は、俺の場合ははっきりいわしてもらう
おまえらのこころは
違う
おまえらのこころ、が
こころこそが
はははははは
貧しい
俺はおまえらを殺すことにしたよ
殴ることにしたよ
唾を吐きかけることにしたよ

いま
この瞬間からね
反省しないおまえに熱々のオッソブーコできたてのオッソブーコをふりかけて
ベースメントで祈禱をいたしました
この時間、全世界でいろんな人が祈っている
オッソブーコも食えぬ人が
そのことを知れ
反省しろ、あほ

腸のクリスマス

さいれんないほおりないってないないづくし
ただひとつの音符でジングルベルジングルベル鈴が鳴ると歌ってその後
無闇に甲高い声で
年中貧乏
と叫ぶ
ネンジュービンボ
そんな寂しいクリスマスの夜
街に烈風、が吹いていた
その烈風、大きな白いビルとビルのあいだ

電球をくくりつけた立木の
あいだとあいだを吹き抜けて

そんなビルや立木や烈風の
あいだとあいだを貧しいカップルたち
無理矢理に笑って歩く
腰をこごめて
腕を組んで
大きなビルの最上階では別のカップルたち
四合で二十八万円くらいする葡萄酒を飲んでいるというのに
このカップルたちときたら
なんと惨めなのだろう
ハンバーガーを歩き食いしている
きみたちはこういう夜は外に出歩いては駄目だ

家で黒く塗りつぶした片眼帯を両目にして
耳に綿を詰めて抱き合って震えているべきだ
ほら、服にソースが垂れている
まあ、一千円くらいの安物の服だけれども
びゅう
また風が吹いて

コンビニエンスストアーの前の往来にしゃがみ込んで
肩を寄せあってヤキソバ麺麭
握り飯を食っている親子
嬉しそうな顔だなあ
うまいと思っているのだな
七歳くらいの男児と三歳ぐらいの女児
にこにこ笑ってパンを食っている

この人たちは寒くないのだろうか
飯を食っている目の前を人が往来して
うっとおしくないのだろうか
暗くてよく分からぬが
埃だって煤煙だってそうとう舞っているだろうに
不愉快ではないのだろうか
まあ貧乏人には違いないだろうが
小銭なんてやると癖になる
きっと働くのが嫌いな怠け者なのだ
同情に値しないよ

なんてなことを考えながら歩いていると
目の前に奇怪な塔
いつの間にか大群衆となったカップルたちどんどん塔に吸い込まれていく

話の種にわたしも行ってみたろかしらん、と思って塔を見上げた。高い。緑や赤の電気をあてて気味・気色が悪い。あんな気色の悪い塔に入って行くところを、ひょっ、と人に見られでもしたら、こんな恥ずかしいことはない。明日から町内をむこう向いて歩けない。やはりよしにしておこうとおもっていたら、町のノイズの彼方に低いうなり声のようなものが聴こえ、それは次第次第に高まって、やがて耳を聾せんばかりの大音響、四分の二拍子で、じんぐるべるじんぐるべるじんぐるべるじんぐるべる、うわあ、喧しい、と思わず叫ぶと、ぼん、という音がして、地面がゆらゆらしたかと思ったら、塔は真ん中から、ぽっきりふたつに折れて、空から肉や腸が降ってきて、顔にぺちゃ、うわあ、気色悪う、と思ったけれども、面白いからとりあえず塔の方へ駆け出した瞬間、ぐわん、と頭に打撃、倒れる瞬間にチラと見たのは、さっきの親子連れの母親。唇に海苔が付いていて実に不細工な。

俺、すがすがしかったよ

午前三時の頭はどんよりしている
そらそうだろう、夕方六時から飲んでいるのだもの
最初の店では三鞭酒
琥珀色なのを飲みました
それからみんなで西洋料理屋にいって
少しく甘いね少しく辛いね、なんていいながら
まいまいつぶりがおいしい油にまみれたのや
火が燃え上がる、情熱の火が、煩悩のほむらが
なんてって焔のサラダ

それに西洋の麵麭、スパゲッチやなんかを屯食
あわせて葡萄酒も飲んだのであった
それから僕ら、別の店に行った
女の子はみんな優しいぜ
胸をそらせ笑いさんざめいて
俺のようなものの話を聞いてくれるんだ
内心は死ぬほど退屈しているのにもかかわらず
さもおかしそうに、さも愉快そうに、しかも
水割りを作ってくれる
煙草に火を点けてくれる
わはははは、なんつって
いひひひひ、なんつって僕ら
ジンもオトカももう滅茶苦茶さ
飲みよった食らいよった頂戴しよった

も、べろべろになるまで飲んだのであった、けれども
そのうち僕らよりもっと重要な客がきたのであろうか
女の子はひとり去りふたり去り
なんだか急に気まずくなって
悪いと思ったのか店のマダム、私服のマダムがやってきたのだけれども
マダムの貫禄
その指に装着された、推定価格約一千万円の豪奢な指輪に気圧され
はは、哀れなものさ
惨めなものさ
貧乏な僕らは黙りがち
でもね
僕らはしつこい酔っぱらい、けっしてあきらめないさ
もう一軒いこや、もう一軒
俗にいう、はしご酒、ちゅうやっちゃ、ちゅて

また別のお店
薄暗い照明のなかに僕ら交じこりて
僕ら、なんでこんなに飲むの？　面白いから？
それとも面白くないから？
その時点で僕ら、もう頭はどんより、クチはおちょぼ口
酔いが疲労に変わりつつあったのだけれどもそれでも奮起
イエイー、ちゅて、ことさら陽気な風を装って店に入っていったのであった
そのように実はどんよりしていたのにもかかわらず僕はね
突如としてすがすがしい気分なのであった
かつて見知った女の子が住み替えていたのだけれども
その頃は水割りも作らない、煙草に火も点けない凶悪なホステスだった彼女
店の朋輩が働いていても敢然と無視
傲然としていた彼女
人が変わったように働き者になっていたんだ、聞けば

貧乏な男と恋愛して結婚、子供もできて男はたいして働かぬので
こうして深夜働いてるんだって
僕は
かつての彼女の凶悪なホステスぶりを思い出しては
身体も頭も酒で疲れ果てているのにもかかわらず
人間は成長するんだなあ、と思って
とてもすがすがしい気分になったんだ
午前三時に　午前三時に
（二回云フ）

女を八尾に捨てた反逆

太陽に逆らうように腰を振って
いわく付きの美女、増水鈴子を八尾に追いやった
季節も
背中も
牛込も
俺にとっては同じように虚しいものだ

太陽にこれみよがしに腰を揺すぶって
金塊を七噸がとこ密輸した

宍道湖に
任那日本府に
別宅を拵えた

信じられないかもしれんが俺は詩人だった
パリのバスタブのなかで午前三時
なにもやることがない俺は紛れもない詩人だった
部屋の裏の寺
それは偽寺だったけどね

みんな太陽に逆らってた
俺は詩人だから日にものすごい分量の紙を使ってて
しかも俺は再生紙ってのが苦手だったものだから、地球の陸地はほぼ砂漠化
あいつのせいだってんで、奴隷にされて競売にかけられたっけなあ

そんなことをして太陽に逆らってまあイキテマス
心の坩堝で笑い死にそうです
腰に十手さして
腹にバナナ突き立てて
脂肪で、きゅうと夾んで
切腹のまねごとです
(苦笑スル)

心の坩堝のなかに仁和寺がありました。
実際の仁和寺とすこしも変わりません。やあ、仁和寺だ、と思って見ていると、こころの上手からひとりの痩せこけたラマ僧が歩いてきました。やあ、ラマ僧だ、と思ってみていると、ラマ僧は懐からホトトギスを取り出しました。やあ、ホトトギスだと思ってみていると、ラマ僧はホトトギスをべりべり引き裂いてにたりと笑いました。

いつもこんなありさまです
真実やりきれない
（苦笑スル）
（苦笑スル）

こころには煩念
でも
てんねん自然の美しさで
腰を振って歩くひとあり
任那になむ択捉になむ
災厄をもたらす
僕は増水鈴子を八尾に捨てたけど

八尾に捨てたけど
（二回云フ）

その俺は重役

経営会議で如何に叱責されようと俺は重役
常務取締役だ
兼、営業本部長だ
へへんだ
羨ましいでしょ

はっきりいって俺は常務取締役になるのにけっこう苦労したよ
俺はネクタイを締めた阿諛追従右顧左眄連続回転物質だった
社内を転がり回ったよ

社内だけじゃない、ドーム球場も転げ回った
料亭でも転げ回った、おみやを持って
あ、いやその、いや、それではあまりにも、などと周章狼狽した
だはだはだはははは、と笑った

その俺の気持ちがおまえに分かるか？
詩人などとうそぶいて世をすねているおまえらに分かるか？
へへんだ
分からないでしょ
そんな挙げ句に俺、常務
ははは。たはは
なんてふるふるしてたぜ、俺
郊外に家もある、その俺は重役

その重役の俺、新商品の重役試食会でその俺も震えてその震えた俺
社長と副社長と専務と常務
代表取締役と取締役がコの字型になっていた
秋の新作弁当
俺、上目遣いでみんなの顔色を窺いながら弁当食った
その俺は重役
でもその重役の俺の食ったその弁当の味

俺は黙っていればよかった
黙っていてみんなが意見を言って、それからそれに同調すればよかった
なのに、俺は率先して意見を言った間違いだった
駄作である弁当を傑作といった俺その俺はもう終わりだ

終わった俺、早々に退社

早々に退社したその俺は重役
味の分からぬ無能常務の烙印を押されて

一番前の車輛で運転席越しに線路を眺めていたところ、某駅のホームから俺そっくりのおとこ、俺の鞄と同じ鞄を胸のところに抱えて直立したままダイブ、横ざまに俺の目をまっすぐに射抜くようにみた男、瞬間、にや、と笑って、それから床下に激しい衝撃、電車はひとを乗り越え、ちょっといって停まり、車輛内少しくざわめいて、俺なぜか、またしまったとまたおもったその俺も重役
その俺も
重役

とてもいい場所に幔幕

意を尽くして好きなように生きる
はなれ技を演じ、そのまま死んでしまう
波が引くように日本語から助詞がなくなり
智識を捨てて虚空蔵菩薩に祈る
いま知れ、貧しい才能がここにあることを
庫裡で坊主が香木を偸んでいる

川の前で汚れる位牌
土手をいくタクシーはみな帰社の札を出している

鶴の肉に舌鼓を打って
赤い顔で文学を語る
いま俺らは正真正銘の阿呆
賤民、水上スキーの稽古して

南天の下、幔幕を張り巡らし
日ごと気になるのは残してきた妻のこと砒素のこと
心のなかの豚を切害して
滴る緑を眺めている
宴会の島、七寸真島はいまこんなに華やかだ
尻窄まりの人生が排水孔に渦を巻いて吸い込まれていく

柚湯に浸って薄目を開け
ロケットが飛んでいくのを眺めている

益城という廃城の近く
白神破水という山奥の温泉で楽しく暮らしている
奴僕が斧を取りに行ってる間
僕らは僕らで楽しいのだ

杯が砕けて料亭で二人三脚
いま啓かれる愚民の歴史
蛮夷を膺懲せんと立ち上がり
おいしいパン屋でこだわりのパンを買う
眼前に五月の光松の緑
ねづみ野郎がいい気なものだよ

ねづみ野郎がいい気なものだよ、という声がした。
頭の上で三味線が砕けた。

副総理格の男が周囲の男になにかいい、
気がつくと俺はここにいました。
もう三月になる。あ。ごめん。気取ってました。
もう三月になります。いまはなにも感じないです。
今日は植木に水をやる予定です。そんなことから始めてみようかな、なんて思
ってます。
よろしくお願いします。

中華料理で舞え

石原慎太郎は中華人民共和国のことを支那と呼んで文句を云われたけれども／
中華料理で舞え
中華料理は支那料理と云った方が旨そうだなあ／中華料理で舞え
けどまあ僕はもはや戦後ではない昭和三十七年生まれなもんだから子供の頃は
僕もまた周囲の大人も支那料理と云うとすればそれかなりあえてのあえて性を
意識して云わねばならずそれは少し面倒だからやはり僕は中華料理と云うだろ
うね／中華料理で舞え
なんてなことを云いつつも僕の決意は固いすなわち今日こそは絶対に兼ね萬に
いかぬこと／中華料理で舞え

つい夕方になると兼ね萬に行ってしまうのは僕の心の弱さだ／中華料理で舞え
別にあんな店の何処がいいというのだ別になんの変哲もない腰掛けの飲み屋じゃないか／中華料理で舞え
おっさんはどこか西国の人だろう言葉の訛りの愛らしい眼鏡をかけたおっさんで料理が上手でだからといって料理人としてのプライド情熱いきざまといった暑苦しいものなどいっさいなく淡々としかも陽気につまみもの誂えものを拵えている／中華料理で舞え
給仕をしている女も切り髪のフランケンシュタイナーがおもっくそきまった顔面の長身の年増でそこいらもいさぎよくていいのだけれども／中華料理で舞え
もうなんというか兼ね萬に行くのが習慣のようになってしまって／中華料理で舞え
それもこの季節の夕方というとまだ明るいでしょその明るい町中を自転車に乗って／中華料理で舞え
夕食準備の奥さん学校帰りの中高生やなんか歩いてる商店街通り抜けて／中華

料理で舞え
兼ね萬に行くのはなんというか俺の心の士気が下がるなあ／中華料理で舞え
というか行くとまあ当然の話だけれども酒を飲むからそうするといろいろなことが面倒になって特に紙にねちねち字を書くなんてなことはハハハそのさいたるものだから／中華料理で舞え
今日もなにもしないまま一日が終わってしまうことになるだから兼ね萬に行くのは絶対にやめたほうがいいもう十日も連続で通っているのだから／中華料理で舞え
仕事が終わったらというかまあ一段落ついたらそれからいけばいいのだ／中華料理で舞え
俺は今日という今日は絶対に兼ね萬に行かん絶対に行かんぞ／中華料理で舞え
ちょっとだけ兼ね萬に行ってくる／中華料理で舞え

くたばれ豚野郎／死にやがれ大うそつき／水のプンク

愁嘆な口調で
「農業やってたらね、肥料代がかかってね」
呟いて実にいい
感触（二人で云フ）
農業なんてやってないから

悲痛な表情で
「毎日、はったい粉ばっかしですわ」
呟いてとてもニートな

感覚（二人で）
はったい粉なんてみたこともないから

陰気な口調で
「僕なんか焼酎でいいんですよ」
呟いてすこぶる軽快な
印象（二人で云フ）
毎日、饅頭を無駄にしていたから

心の果てに
悪霊
粉々になるまで働く
庶民（二人で云フ）
あてがわれるのは

使い捨てカメラ

なにを撮れと言うのだこんなものでと庶人の怒りが爆発すると思いきやみなにこにこ笑って互いに写真を撮影。Tシャツに眼鏡、首にタオルを巻き付けた、リーダー・指導者然とした男は君たち恥ずかしくないのかやめろというのだけれども。

心の果てに
悪霊
心の果てに
汚れ豚（全員で云フ）
みな自暴自棄に互いに写真を撮りあっているので
リーダー・指導者然とした男の言うことなど誰も聞かなかった

惨たる鶴や

a

午後八時頃。

僕の家は三階建て軽量鉄骨アパートの一階なのだけれども、居間というかテレビジョン受像器とソファが置いてあって夕食後、団欒、ってほどのこともない、まあ火酒かなんかを飲みつつ、南京豆かなんかを齧りつつ、テレビ映画を見たりする板敷きの六畳間があって、その部屋の窓の外はベランダ、ってほどのこともない間口十メートル奥行一メートルくらいな、混凝土のざつ風景な、まあ、物干しいいかげんな植木などを置くスペースだね、があるんだけどそのベランダの向こう側を夜毎、101のオクサンが嬰児を抱いてものすごいスピードで走り回る、それも大声を上げてのことだからうるさくってしゃあない、みんなもうるさいと云っているので僕が代表して注意をしようと、ベランダに出てとりあえず女の頭を指叉で殴ろうと思って振り回したのだけれども、女は素早い、指叉の下をかいくぐって走って逃げた。

b

ベランダの向こうは養木場。
松が植林してあって全国から庭道楽の人が松を買いに来る。
この松林に残飯を棄てる者があって、その残飯目当てに鶴が松の根本に群がって見苦しいことこのうえなく、びゅん、と走った黒い陰に、また鶴が行く、と苦々しい思いで見ると、１０１の旦那さんが長刀を持って立っている。

c

はっはーん、と勘づいて、ベランダから身を乗り出して走り去ったオクサンの後ろ姿をみるといわんこっちゃない、養木場の旦那さんの姿をちらちら気にしているつまりオクサンは旦那さんに見張られて走れと云われているのであり、この際、オクサンに注意をするのではなく、旦那さんに云わなくては駄目だ、ということに気がついた僕は、指叉を持ってほくほくの土を踏んで旦那さんに近づいていった。

d

うるせえ馬鹿野郎。あいつのせいで俺は出世ができぬ。それがむかつくからこうして走らせて俺は溜飲を下げているのだ。ほっといて貰おう。とりつく島もない101の旦那さんになおも、そら俺は知らんがとにかくうるさくてみんな迷惑をしているのだ。いうかいわぬかのうちに、僕は向こう臑をざっくり斬られ、土の上に転がった。
迫り来る刃。万事休す。

e

と、観念をしたところへばたばたばたばた。なにか白いものが飛来、101の旦那さんに飛びかかり、うわっうわっくんなくんな、と叫び追い回されている101の旦那さんの頭を、ぐわん、僕、指叉で殴った。旦那さんはもんどりうって倒れ、しかし倒れる拍子に振り回した長刀で白いものの首が飛んだ。けーん。悲しく一声啼いて息絶えた白いものは果たして鶴であった。鶴は僕の命を救った。あたりを青白い月光が照らしていた。101のオクサンは、おんおん泣きながらまだ走っている。僕は、ベランダの塀を乗り越え自室に戻って暫く黙想したる後、スモークチーズをへし折って皿の上に並べた。ウヰスキーを飲もうと思ったからである。

明日は週末だ。喇叭の稽古をしておこう。と僕は呟いて放屁。

土間のブチャラン

土間のブチャラン
政治のブチャラン
滝滝滝滝滝滝滝滝

土間にたどり着いて水を吹いている
純粋な水は
僕の脳で濾過されて噴出している
詩の言葉は権力という漫才の太夫の言葉?
それとも才蔵の言葉?

僕の言葉はもうなんの意味もない水だ
誰も認めない水。しかしこの世に不幸と不正、貧苦と絶望、腐敗と悪徳がある
限り絶対に湧いて停まらぬ言葉だぜ。

俺は歩いた。そしてここで倒れ、ここに埋まった。
そして生首となって薄暗い中空に浮いて水を吐いてます。
こんにちはもいいません
年賀状も出しません
足を洗ってもいい
大根を洗ってもいい
俺の水を見よ
水を見よ
見よ、俺のこの水

この水の俺

悲しいから人間のような顔をする
悲しいから俺の目にあなたがうつっているのだ

わはは。もっと繰り延べてくだくだしく説明を致しましょう。
俺の首が空中に浮いていて
脳が中空糸膜式のフィルターとなって
汚水を濾過
口から水を吹いているのである。

俺のようになったものが周囲にたくさんいる気配
みんな傷つき倒れた心の失敗者だ
政治の破産者だ

俺たちの水に庶民は気がつかぬ
知識人はもっと気がつかんがな
最近は、言葉ももうないしね
どちらの言葉も
橋となって
そいで
落ちた
電車が折れる

古池や　刹那的だな　水の音、が

と思って振り返ったらエメロン

古池や
きょうびの少女が、暴れ暴れてエメロンシャンプーを手に微笑んでいる
おっどろいたよ
一瞬、荒木経惟の写真かなあ、と思ったけれども違う
現実の世界できょうびの少女が古池で暴れているのだものなあ。エメロンを
手に
驚いた

と、俺が驚く度に頭上で回転するのはシャッポウ
見学者に取り巻かれて困るけど
ここまでにするのには金がかかった
6百万くらいね、かか、あっ
と、また驚いて回るシャッポウ

古池や
各ほうめんに
鼻薬、を利かせて青春

この辺は銃撃戦が盛んだからな
やっやっやっやっ、っとこう弾をかわして
あ

古池や
弾をかわして
水の音、がきこえている。みんな平和に暮らせばいいのになあ
こころが昏迷・昏妄の世界でくさっていくわ
校閲の一に1とくけど昏迷・昏妄というのは造語だよ
いちいち用語OK?とか云わないで下さい
云うときは愛を忘れずにね
崑崙で男娼をしていた頃が懐かしい

「さおだけー。さおだけー」
と棹だけ売りが通りかかる。おとこ訝りて、
おかしいなあ。こんな戦場で棹だけなんて売れるのかなあ。ちょっと訊いてみよう

「もし、もし」

「さおだけー。さおだけー」

「もし、棹だけ屋さん」

「なに?」

「ちょっと訊きたいんだけど」

「やだね」

「ホワイ?」

「君は僕が、なにを?と云うことを予め知りながら、ちょっと訊きたいんだけど、といったに違いなく、そのような、緊張感のない質問に僕は答えられないよ」

「手厳しいことを」

ほんとうに死んでいない君に僕らの痛苦は分からない。迷妄さ。我執さ。すべては古池のなかから顕現するんだぜ

といってしみじみ古池を見るときょうびの少女が誤って混入したエメロンでせっかくの古池が泡だらけだ

みっともない古池だなあ。見苦しい古池

古池や
南無なにもかも
泡だらけ、

であった。であった。であった。であった。と四回も云ってから俺、入水

オレの場合はこんなケース

備前屋で反物をみるおんな
おんなは反物が好きだ
備前屋で反物を見る女を見るわっしはぼていふり
商売が終わった後いっぱいやるのが無上の喜び
けんどけんどけんど
それももう終わりだ
はずみでひとをあやめてしまったからだ
それをのりやの婆さんにみられてしまったからだ
わっしはもうおしまいだとおもって三味線堀の前に立っている

寝転がってテレビジョンをみているとそんな男
もう見るからに貧相な男がしかし
苦しみに爆発しそうだ、堀の前で思い詰めていた
しかし僕は男に同情しない
だって男ときたら貧相なばかりでなく
下品で粗野で欲望まる出しで
馬鹿のようなのだもの
そのうえ、男は時代劇という劇のストーリー上の都合で存在しているに過ぎぬしね。というか、そんなことはこっちは最初から分かっているのだけれども、こう露骨にやられるとなんだか白けてくるじゃない。
表でポインターが吠えている。ウイスキーを取ってこよう。まるで遊治郎だ。
丸出駄目夫。

といってウイスキーをとってきてこんな昼間からウイスキーを飲んで再放送時代劇を見ていては駄目だ。こんなことをしていたら駄目になってしまう。丸出駄目夫。なんかせんといかんなあ。とおれは思ったけどさあ、なんかするたって、まあ、もうこんないい歳になってできることたってありゃあしない、おれは最初のスタートを間違えた。戦力を温存するのだとおもってなにもしないで居たら、同じくらいの歳の奴らはその間、勉強をしたり経験を積んでいっぱしの者になっていった。オレはただ戦力を温存してたんだ。だけんどもよ、それは温存って云うより、ただ腐朽するにまかせてたんだっていうことがいま分かった、だめだだめだだめだこんなことをしていたら駄目になってしまう、とオレは焦ったのさ。いまから考えりゃばかばかしいことだ。

腐朽した砲塔が空に虚しい鈍角。

オレは自分でもなんでそんなことをしたのか分からんが

気がつくと家計簿の隅に詩を書いていた

ははは。オレは葱百円饂飩玉八十円内臓肉２００g九十五円なんてちまちま書
いてある家計簿の隅に詩を書いたんだ
それをちゅっとみせてあげますよ
ちょっと、じゃない、ちゅっと
ちゅっ

これが褌ひとつがとれても俺の心はこんなに破れる
でも君がいない
ストレン治部それが世間だ
たとえシシャモが山から溢れて九段の母とタンゴをやりても
いま酒が暗い
ストレン治部俺の森なし
オレの心はひとつの滅茶苦茶こんな宿無し爺ぃのいまでも
ほら蜘蛛がみたい

ストレン治部春日大社で
田螺森からいつでも溢れるそれが映画の嘘だと知ってて
やだ砕け散るから
ストレン治部いまがそのとき
ストレン治部ストレン治部

「下着がうまく穿けない。そんなことひとつで私はかんしゃくを起こしてしまう。しかしその怒りをぶちまけるべき相手がない私は孤独だ」

「なにを云ってるんだ。治部少輔ストレン。従五位下にもなって。世の中というものがそんなものであるということは君がいちばんよく知っているのではなかったのかね?」

「たとえ北海道などで獲れる小型の魚が山から溢れてきて九段の母とタンゴを踊ったところで、この私の陰気な宴席を明るくすることはできないだろう」

「なにを云ってるんだ治部少輔ストレン。君を養うために僕は僕の森をタカギ商事に売ってしまったんだよ」

「こんな老人になってから住所不定になった私の心はいま混乱の極にある。でもそんないまでも蜘蛛がみたいという気持ちにときどきなるというのは人の心の不思議だ」

「なにを云ってるんだ。治部少輔ストレン。ここは春日大社だよ。蜘蛛なんか見てないで、鹿を見ろよ。鹿を」

「たまには映画でも見るかと思って映画館に入ったところ、森から無数の田螺が溢れてくるシーンをやっていて、それがSFXという技術を駆使した合成画面だと分かっていても、眼前に広がる無数の、圧倒的な田螺、それが自らの重みで砕けたりしながら怒濤のごとくに押し寄せる様は気味が悪く不快だ」

「なにをいっているんだ。治部少輔ストレン。これは映画などではない。紛れもない現実だ。僕たちはもう終わりだ。田螺に押しつぶされて死ぬんだ。治部少輔ストレン。治部少輔ストレン。ああ。もうその姿が見えない」

書き終わったオレは直ちに家計簿を破り捨てた
こんなことをやっていたらますます駄目になる
だからオレはやはり堅気になろう
下積みでもなんでもいい
こんな濁酒再放送時代劇にまみれて詩を書いたりしているよりはましだ。決意して広虫チェーンに出掛けていき就職情報誌を購入して探職。したら、あはは、ちょうどいいのがあった。カシキ。飯炊き。家の隣のこわっぱ寿司という持ち帰り寿司チェーンで飯炊きを募集していたのさ。こら。いい。こいつは。いい。オレは就職情報誌に付属の履歴書に自らの履歴をつぶつぶ書いたよ。オレは、生まれて学校行ってさぼって怠けてウイスキー飲んで再放送テレビ時代劇見て詩作に耽った。それがオレの嘘偽無いぎりぎりの履歴だ。顔写真を貼らんければならぬところがあったので貼ろうと思った。顔写真がなかった。ひとがせっかく履歴書を書こうと思ったというのに写真がないとは何事だ。むかがつく。もうカシキになるのはよしにしよう。と一時は癇をたてたものの、それではこれまでと同じことの繰り返しだ。そんなだからこんなになる。そんなをやめるためにはこんなを耐え、こんなそんなをあんなに変える変革を成し遂げねばならないよ、治部少輔ストレン。そういえば、駅前の腐ったスーパーマーケットの脇に、てぃらら、三分間写真、てぃらら、あれ、全身に非常な抵抗感がかかっている。身体から音楽が溢れている。が、あったはずだ。あった筈の三分間写真。てぃらら。どどすっとっとっと。どどすとっと。てぃらら。としかし、儂は負けん、てぃらら。やめろ。音楽、と身体が音になびくのに抗って立ち上がって思ったのは、同じ写真を撮るのでも、このまま、てぃらら、蓬髪。無精髭、皮脂の浮き出た酒焼けの顔面で撮るよりも、シャンプーしてリンスして洗顔して髭剃って歯、磨いて、ほいでから撮った方がええのんとちがう?ということ。考えてみればほらオレずっとウイスキーと再放送、その後は詩作に没頭していたから、そんなことはもう長いことしていない、善は急げ悪も急げ、風呂入って、頭にシャンプーかけてあっわっだらけ、あっわっだらけ、てぃらら。ああ、また音楽に身体が靡く。とろける。とかいいながらなんとか泡を洗い流す段階にまで来て、妙なことが起きた。最初は気がつかなかったのだけれども、シャワーが、シャワーの水が頭に当たってるよね、その水の感触とは違う、また別の水の感触をオレは頭に感じたんだ。そいで、おかしいなと思って、掌を頭に当ててみると、豈はからんや、オレの頭皮からゆるゆるぬるま湯が溢れ出ているんだよ。そんな馬鹿な。オレはシャワー停めた。ちょろちょろ頭に湯が垂れていた。さっきのてぃららはこれだったんだあ。まったくもってなんというこ とに。就職どころではない。というかこんないつも濡れた男を誰が雇うものか。就職はアジャパーだ。

悲しんでいると、てぃらら
ぬるま湯は頭皮からだけではない
眼からも耳からも鼻からもそして口からもたらたら垂れていた
水も垂るるようなてぃらら。それはオレだ
より悲しい気持ちにオレはなった

視界がぼやけ、耳がきーんと痛み、鼻が熱く、口が、てぃらら
服が濡れる絨毯が濡れる
てぃらら、てぃらら

三箇月後。オレは熊野にいた。ぬるま湯の垂れはいっこうに停まらず、カネも底をつき、部屋にも居られなくなった俺は、駐車場のスロープの前で震えてた。荷物はがらくたの詰まった鞄三箇。白いコートが黄色くなって、足も痛いし水は垂れるし、意識も断続的で頭が茫となって、まあ、オレはこのまま死ぬんだろうなあ、と思って、ええ?そうなの?それってちょっとあんまりすぎねぇか?なんて思ってたんだけど、水が垂れてこの状況を打開、例えば段ボールやブルーシートで本格的な住宅を拵えるなんてなこともままならなかった。そんなオレを助けてくれたのが近所の紀州のデンさんというおっちゃんだった。デンさんは、そがな症状やったら熊野の湯が効くンちゃうかな。といってオレをトラックの荷台に乗せ、熊野まで連れていってくれたのだった。しかし道中オ

レとデンさんはちょっと不味いことになった。オレは口がこんなだから食べられるものも決まってる、デンさんが買ってきてくれたアイスクリームと天結を道中の疲労、水の垂れ、将来への不安などもあって、無下に、要らん、と云って断ってしまったのだ。デンさんは、むうとして、それから口を利かなくなってしまった。それでもデンさんは一応、山奥の湯治場までオレを連れていってくれた。でもやはり怒っていたのだろう。掛け小屋のなかの湯壺にオレを放り込むと、そのままものもいわない、厄介払いをしたぜ、って感じでエンジンをかけ、イエイ。いっちゃった。それからオレは眼を閉じ湯につかっていたのだけれども、ちっとも水の垂れは治らない、こんなんじゃ、だめだな、と眼を開こうとして驚いた。開かぬのである。あっ、と叫ぼうとして驚いた。口が開かぬのである。いったいどうしたことだ?と、眼、そして口のあたりをなぜてみて驚いた。なんだかごわごわしたものが頭から顔にかけてをびっしり覆っている、なんじゃこりゃあ、と叫べないで思って驚いて湯から這いだし、掛け小屋の隅の曇りに曇った鏡をのぞき込み、その時点ではうっすらと見えていた自分を見て、三度驚いた。オレの顔面は黄色いずんべらぼん。すなわち、頭、眼、鼻、口から垂れる湯に含まれる硫黄分が垂れて後、固まって顔面をびっしり覆っていたのである。あぎゃあ。わあ。

ずんべらぼになてずんずん
ずんべらぼになてずんずん
ずんべらぼになてもてずべらかずんずんずん
ずべらぼになてずべらぼになてずんずんべらぼ
ずんべらぼになてずんずん
ずんべらぼになてずんずん
ずんべらぼになてもてずべらかずんずんずん
ずべらぼになてずべらぼになてずんずんべらぼ
ずべんずべんずべんずべんずべん
ずんべらずべんばずべらかぼ

ずべんずべんずべんずべん
ずんべらずべらかずんずんずん
ずんべらぼになてずんずん
ずんべらぼになてずんずん
ずんべらぼになてもてずべらかずんずんずん
ずべらぼになてずべらぼになてずんずんべらぼ

悲嘆に暮れていると、うわあ。人間仏だ、という声が遠くで響いた。しばらくすると、多くの人がやってくる気配がした。口々に、うわあ。とか、本当だ。と浅ましくおめき散らしている。いっぽう硫黄は全身に垂れて固着、もうオレは動けない、目も見えない、掛け小屋の隅で物体だったぜ。物体だったぜ。物体だったぜ。みんなで祀らな！　という誰かの声に続いて、そやそやという複数の声がしてオレは戸板に乗せられ、土間のようなところに転がされた。祀るというのだからしかるべき処置、すなわち花や饅頭を供えるのだろう、まあ、あのまま生きてても碌なことはなかっただろう。そんならこうした田舎で仏として人々の尊崇を受けて暮らすのも悪かない、とオレは達観した。ところがただ転がされただけでその後なんのケアーもない。それからどれくらい経ったのだろう、もう硫黄でなにも分からない。でもその後、俺と同様、魂の腐った奴。心の壊れた奴。などがこの土間に増殖、口から水を垂らしているのはなんとなく気配で分かった。それがオレのケース。いまでは黄色い山。原型がないちょっと変わった。

未刊詩篇

西洋清元。環境の拭き掃除

消防士、宇宙を拭いて
雑巾、雑色のぼろぼろ
腹中で腐りたる四の橋
有名人好きのレストランマナジャーがオペラ観劇
なにをいっとるかさっぱり分からぬのに家族連れで
その店で新内好きのウェイトレス
かすれ声でドアーを拭いて
雑巾、雑炊のぼろぼろ
腹中で腐りたる墓の横の消防

フレンチ好きの署長がオペラ観劇
なにをいっとるのかさっぱり分からぬのに家族連れで
その舞台で鈍ジョバンニ
かすれ声で喉拭いて西洋清元、西洋清元
環境の拭き掃除

発狂する労務

武家の奥さんが田植え
モグラの害、モグラの害、そがいなことを考えると気が狂いそうだわ
そがいなことを考えて根菜も掘る、根菜も掘る
ドヤ街の奥さんが歌唱
二回目のサビ後の転調、転調、そがいなことを考えると気が狂いそうだわ
そがいなことを考えて芝居もする、芝居もする
貴人が池で草取り蛭に足吸わる
コツジキカツタイが宮廷でランチ賜る姫に足吸わる
ミートボールをホールにぶらさげ

ミラーボールを肉叉で突き刺し
気が狂いそうだわ、　夏に塩田で労務するのは夏に塩田で労務するのは

四肢を切り落とす・仏師屋ぬすっと

仏のなかにけっこう酢ぅを入れたあるから。覚えとれよ。訳の分からぬことを言うと新聞販売店のだぼが震えあがりやがった、ざまみろ。木の床が一段高くなった奥まった事務所、威圧的?うすくらいしバイク数十台並んで入る人を拒んでるみたいな店の前、バイクってもとより威圧的でしょ、黒い鉄馬が峻拒。ふざけるな、黒い鉄馬ってそういうのは、ハーレーダビットソンとかそういうのいうのだろう。なんだこんなもの、原付じゃないか。カブじゃないか。なにを恐怖しているのか。そう心を興して暗い事務所にずんずん奥まではいっていって、出てきた、くたくたの垢ぢみた煮しめたみたいな着物きて髪さんばらの媼に向かって文句・文言をひとつびとつ中空に置くように発した。「なめとったらあかんど」「なめとったらあかんど」「なめとったらあかんど」云々。でも俺の言葉は奇妙に漂うばかりだ、媼は、「すんません」「すんません」「すんません」一応平謝りに謝っているのだけれども俺の言葉ちっとも心に染みておらずただ機械的に、呪文のように台詞をいってるだけだ、それが証拠に媼は謝りながら尻を掻いたり、ときおり横を向いて顎を撫でたりしている。そればかりか、「すんません」というべきがときおり、「かんません」になったり、「いんません」になったり、或いは、「すんくせん」「すんまらん」「すんまけん」になったりしている。非は完全に向こうにあった。新聞の記事があまりにも滅茶苦茶なのに癇を立て新聞を持ってくる悲しげな若者に、明日から俺は新聞はいらん、と宣告したのが十八月前。新聞の配達は翌日からやんだ。ところが新聞代金が銀行から引き落ちるのはやまない。電話をかけたところ媼が出て事情を聞くや、「それは大変なことです。ただちに手続きをとります。かんません」と驚き慌てたような声でいうから安心したがカネは引き落ち続け、その間、なんどもやり取りをしたが同じことが繰り返され十八カ月が過ぎた時点で俺は業を煮やして直接乗り込んできたのだがこの体たらく。俺の怒りは極点に達したがなんといってよいか分からない、それで咄嗟に、仏のなかにけっこう酢ぅを入れたあるから。覚えとれよ。この文言が口から飛び出たのであった。しかし怪我の功名、これまでふざけきってなめきって、かんません、とか言って尻掻いてくにゃくにゃしていた媼が、仏のなかに酢を入れてあるといった途端、青ざめて震えあがり、おカネは返しますからどうか勘弁してくださいと言ったのである。さんざん人を愚弄しておいてなにがいまさら勘弁しろだ。勘弁しない。俺は本当に仏に酢を入れる。仏に酢を入れる。仏に酢を入れる。呟きながら界隈に仏師があったかしらん、と考えたところ、広場の脇のロー路を入ったところに銀色のサッシュの向こうで木工品を作っているロー下のように狭い土間家があったのを思い出したので行ってみたら、顔色の悪い初老の男が白い木屑でいっぱいのコンクリ土間にうずくまっていて、仏はないのか、と聞くと、手前は神棚と舟の模型よか作っていない。と傲然と言い放った。そんなわけはなく奥に仏が隠してあるのだろうと思うから、なんとかお願いできませんか。僕は底から困じ果てているのです。そんなにまでして頼んでいるのに男は、ない。といって強情に黙っている。人がここまで頼んでいるのにその態度はなにか。男を撲殺して、それにつけても仏はないものか、と思って奥を物色するとやはりあった。男は靴の箱に金銅仏と木仏を隠匿していたのだ。一尺くらいのもちよい仏。おからだのなかに酢を入れるのだからそら木仏の方がよいわな。俺は木仏をかき抱いて外に出た、雨。もはや豪雨といってよかった。ずぶ濡れになって金物店に行き丁稚から手動ドリルと各種の刃を買った。二時間くらいかかったか知らん。豪雨のなか広場に座りこんで。段差、滝みたい。でも集中して、うわあやりにくいわあ、とかいいながらも仏のお脳天からおみ足にかけて穴を穿った。洞。うつろな洞、ほほら。僕はここに酢を満たすのだ。ざまあみろ、媼。なめやがって。僕はここまでくるまで数々の人間的過誤を冒したが、それというのもすべてはあの媼のせいだ。覆。滅。首が危なかった。電動ドリルを用いていたら首は間違いなく折れていただろう。雨は相変わらずすごいなあ、すごいなあ、すごいなあ、びしょ濡れのままクジャク屋というスーパーに入ると床が虫の死骸で一杯だ。無私の死骸。無の死骸。詩の死骸。ワインを買ったのはキルクの栓が欲しかったから。半分飲んで半分捨てた。雨に濡れた身体の芯がぐわんと熱くなる。そしてこのあともっと寒くなる。たいていの詩人の死因はこれだ。ぐわんと熱くなって、そのあともっと寒くなる。これを繰り返して衰弱して死ぬる。そんなことは余談だ。すべてが余談だ。酢を仏の胎内に満たした。世界が閃光に満ちた。すべての悪がまっ白い光になった。世界が悪の光を受けて輝いた。雨も輝いている。犬も奥さんも輝いている。新聞屋の媼の絶叫がここまで聞こえている。まるで歌のような。こんな仏の光を浴びて俺はしあわせだが後のことを考えると怖ろしい。仏に酢をいれるのはもっとも怖ろしい大罪である。手弁当で犬の尻を拭いて歩くのか。見知らぬ人から鼻毛が届くのか。あらゆる珍妙な災厄が僕を襲うのは必定だ。嫌だなあ。どうせそんなことになるのだからいまは存分に仏の光を浴びていよう。光の燻製。僕はそう思ってそこいらをぶらぶら。右腕がちぎれてぶらぶらになったのでそこらに捨てて。

言い訳

他人のグラスから酒を盗み飲んでも
最近、スカイダイバーが飛びまわってるからねぇ
ゆえなく他人を傷つけても
最近、スカイダイバーが飛びまわってるからねぇ
夏の米ぬすんでも
最近、スカイダイバーが飛びまわってるからねぇ
冬の猿殺しても
最近、スカイダイバーが飛びまわってるからねぇ
パッチからにゅうと、パッチからにゅうと脛むきだしの不細工な

スカイダイバーが飛びまわってるからねぇ

滅亡猥歌

腐ってる?·天使の肛門
ふざけてる?·ぼくらのソウル
悩んでる?·天使の陰門
はじけてる?·ぼくらのウード
小児病院の受付でええお父ンが頭痛を訴えてる
小児専門?·ええやろひとりぐらいええやろちょっとぐらい
ええお父ンの暴虐
垂直にたちあがる欲望
剝きだしの配線の這う

天使の玉門、短詩の滅亡

解説

岡井　隆

どれか一篇の詩を、ゆつくりと読むことが、この詩集の場合もわたしのとる方法で、さうしてみると、じわじわと手ごたへが湧《わ》いてくるのである。「現代詩手帖」に連載されてゐたときから、「惨たる鶴や」が好きであつたので、まづはこれから行かう。

隣人同士の暴力沙汰の話である。人間の心理にはふれないで、行動だけが書いてある。「僕」がなにものであるかもわからない。ふつう作品の主体、つまり作者町田康なのかと思つて読んでもよささうだが、物語の主人公だとしておく。

「午後八時頃」とあるから、もう暗いのである。「僕」は「指叉《さすまた》」で「101のオクサン」の頭を殴らうとする。「オクサン」はベランダの向うの道をあかん坊を抱いて大声でわめいて走り回る。うるさいので、注意する前にまづは、頭を指叉で殴らうといふのだから無茶である。説得とか、せめて抱きとめるとかする前に「殴る」。それも「指叉」なんかで。

かういふところは、町田康の小説に出てくる主人公を思ひ出させるが、これは短篇小説ではなく詩である。読者はここまで読んで、安アパートの住民同士のかかはり合ひに、自分の経験をもち出して、ある種納得しようとするだらうが、どうしても、この、成功しない暴力の阻止は、行きすぎだらうと思ふ。つまり、主人公に狂気を感じてしまふ。

　この詩はａｂｃｄｅと章別になつてゐる。「101」といふのは、部屋の番号で、「僕」と同じ安アパートの住人かと思ひきや、どうも、ベランダの向うに「養木場」つまり松の植林してある庭があつて、「101の旦那さん」はその持ち主らしい。その「旦那さん」だが、こともあらうに「長刀《なぎなた》」を持つて立つてゐる。さきの「指叉」に対する、この「長刀」の対照が可笑《をか》しい。

　ｂで注目されるのは、残飯をあさる「鶴《つる》」の群である。鴉《からす》ではなくて、鶴。「びゅん、と走った黒い陰に」といふのは「101のオクサン」が走るわけだが、そこへ「鶴」が空中をかすめて行く。いや、夜八時頃だよ、と思つて読むが、鶴となれば、どんなに小型のだつて翼をひろげればかなりのものだらう。それが群れて、くらがりの残飯へと飛ぶ。

　すると、「僕」がゐて、わめいて走る嬰児《えいじ》抱きのオクサンがゐて、鶴がそこへからんで、「101の旦那さん」の長刀が光るといふ構図だ。これでどうなるのかと、行方を見守るつもりにもならない。それ位、状況は、現実ばなれしてゐて、それでゐて、いやに美しい。どこか純粋なのである。

　ｃへ入り、ｄへ行くと、ｄで事件がおきる。オクサンは旦那さんの目がこはくて走つてゐるらしいが、別段鶴を追ふために走つてゐるわけではない。無償の行為であり、不条理のあらはれとして走りまはる。一つ一つの人物の行為に因果関係が、あるかにみえて無い。「うるせえ馬鹿野郎。あいつのせいで俺は出世ができぬ。それがむかつくからこうして走らせて俺は溜飲を下げているのだ。ほっといて貰おう」といふのが「旦那さん」の言ひ分だが、支離滅裂《しりめつれつ》である。かういふ、不条理を地で行く、威張つた「旦那さん」も、それに従順に従つて（怖くて従つてゐるのかも知れないが、逃げればいいぢやないか！）その「旦那さん」との間の「嬰児」を抱いて叫びながら走る、ドストエフスキイ的人物像は、めつたに当節、詩の中に出て来ないから、目を見張つてゐると、果せるかな、「僕」は「旦那さん」の長刀で「向こう臑をざっくり斬られ」て「土の上に転が」るのである。

あとは、どうか読者が、eの結末を静かに朗読していただきたい。はたして鶴が「けーん」と啼《な》くものかどうかは知らないが、急に「青白い月光」が照つて来たりして、「惨たる鶴や」」の一幕劇が終る。最終の一行が冴えてゐる。因《ちな》みに、町田康からきいたことだが、このタイトルは「サンタ・ルチア」のもじりださうである。

この詩集ではまづタイトルが、秀逸である。「とてもいい場所に幔幕」とか「土間のブチャラン」とか「中華料理で舞え」とか「オッソブーコのおハイソ女郎」とか。関西の方言や俗語が、いつぱい使はれてゐるのだらうが、わたしには、わからない。わからないなりに連想をたのしむ。町田康は、『供花』のころの、いはゆる歌謡詩のころから、くりかへし（リフレイン）と、オノマトペと、場面転換の早さで、おもしろい味を出してゐて、こまかいところはわからなくても、勢ひでよませられる。長詩が多いのだが、タイトルの秀抜さからみて、短詩もきっといいものを書く人だらうと思ふ。

　短詩といふところから、俳句へと結びつけるわけではないのだが、「古池や　利那的だな　水の音、が」といふ一篇に触れないわけにはいかないだらう。

「オレの場合はこんなケース」の「ずんべらぼになてずんずん／ずんべらぼになてもてずべらかずんずんずん」と続く、お経のやうな、おまじなひのやうな文句も、まことに効果的で、人を陶酔させるが、ここは、「古池や……」を解説してみたいところである。

　この詩は、「古池や　利那的だな　水の音、が」といふ、タイトルから、詩の中身になつてゐる。タイトルではないスタイルなのである。

古池がある。「水の音」がした。「利那的だな」といふ感想は、なかなか説明しにくいところである。音が利那的、つまり瞬間のもので、永続しないな、と思つたともいへるし、さう思ふ自分が、利那に賭《か》けるといふか、今だけに活きるといふか、そんな風にも解ける。

ところが、ふりかへつたところ「古池」のそば――ではなく、古池の中で「きょうびの少女」が「エメロンシャンプーを手」にして、あばれてゐる。そして微笑《ほほゑ》んでゐる。

「おっどろいたよ」である。

「古池や」は、むろん、芭蕉の「古池や蛙飛《かはづとび》こむ水の音」(『春の日』)を、厳密に、国文学的にではなく、日本人なら誰も知つてゐる句として引用してゐる。

この句は、芭蕉の四十三歳の句で、初案が「蛙飛ンだる」だつたといふ。談林風のをかしみが、この初案にはあるが、平明な改作句が、天下にとどろいた所以《ゆゑん》は、このなんでもない、あたり前さにあつたらう。「彼等は談林的に笑い抜いたあとの笑い切れぬ人生のさびしさ、人間存在の寂寥《せきりよう》相を、次第に感じはじめていた」のだが、その実例を、この句は一気に人々に示した（山本健吉『芭蕉名句集』）。わたしが、必要もなささうな芭蕉をもち出してゐるのは、この作品や、「惨たる鶴や」の中には、芭蕉でいへば、談林調の、をかしみと、表現の派手さが、しつかりと見えてゐながら、一歩、談林を脱したあたりへ、動いてゐるんじやないかと――つまり、人生つていふ風のものが、寂寥相によつてとらへられつつあるんぢやないかと、邪推するからである。

「古池や
各ほうめんに
鼻薬、を利かせて青春」

といふのは、「鼻薬」までで俳句形式だが「を利かせて青春」といふ、体言止めの抒情《じよじよう》は、町田康のこのむところ。「と思って振り返ったらエメロン」と切るところもさうだ。「と僕は呟いて放屁」といふのも同じだ。

「古池や
弾をかわして

水の音、がきこえている。みんな平和に暮らせばいいのになあ
こころが昏迷・昏妄の世界でくさっていくわ」
たしかに、「古池」は、芭蕉庵のすぐそばの魚を飼ってゐた小池ならいざ知らず、今日では、弾がおちて、「水の音」といふのも多いのである。
「ほんとうに死んでいない君に僕らの痛苦は分からない。迷妄さ。我執さ。すべては古池のなかから顕現するんだぜ」
さては、古池、魚はもうとつくに死んで蛙のとびこむ余地もなく「エメロンでせっかくの古池が泡だらけだ」
「古池や
南無なにもかも
泡だらけ、」
俳句形式だが、どこにも季節感はないし、この「古池」、小さな池ではないらしい。
「であった。であった。であった。であった。と四回も云ってから俺、入水」といふ結果を呼びこむからだ。「であった」だけが四回唱へられる。「であった」とは、「以上のことが、過去となつた」の意味である。「入水」の理由は、相かはらず不条理であるが、をかしみの底から、寂しさの泡が、ぶくぶくと湧き立ってくるのである。

（おかい・たかし／歌人）

Haruki Bunko
ハルキ文庫

ま 2-3

土《ど》間《ま》の四《し》十《じゅう》八《はっ》滝《たき》

著者　町《まち》田《だ》 康《こう》

2004年5月18日第一刷発行
2025年6月8日第二刷発行

発行者　角川春樹

発行所　株式会社角川春樹事務所
〒102-0074 東京都千代田区九段南2-1-30 イタリア文化会館

電話　03(3263)5247(編集)
03(3263)5881(営業)

印刷・製本　中央精版印刷株式会社

フォーマット・デザイン　芦澤泰偉
表紙イラストレーション　門坂 流

ISBN4-7584-3105-1 C0195
http://www.kadokawaharuki.co.jp/[営業]
fanmail@kadokawaharuki.co.jp[編集]　ご意見・ご感想をお寄せください。